Vente du Mercredi 1er Juin 1898

HOTEL DROUOT, SALLE No 8.

ESTAMPES

ANCIENNES

Ecoles française et anglaise du XVIIIe siècle

EN NOIR ET EN COULEUR

Modes - Costumes - Caricatures

ET

DESSINS

Me MAURICE DELESTRE
COMMISSAIRE-PRISEUR
Rue St-Georges, no 5

M. DUPONT AÎNÉ
MARCHAND D'ESTAMPES
Rue de Seine, no 15

CATALOGUE N° 162

D'ESTAMPES

ANCIENNES

ÉCOLES FRANÇAISE ET ANGLAISE DU XVIIIᵉ SIÈCLE

EN NOIR ET EN COULEUR

Costumes, Modes, Caricatures, Portraits, Ornements, Pièces historiques

ET

DESSINS

DONT LA VENTE AURA LIEU

HOTEL DES COMMISSAIRES-PRISEURS, RUE DROUOT

Salle N° 8

Le Mercredi 1ᵉʳ Juin 1898

à deux heures

Par le Ministère de Mᵉ **MAURICE DELESTRE**, commissaire-priseur

Rue St-Georges, n° 5

Assisté de M. **DUPONT Aîné**, marchand d'Estampes, rue de Seine, n° 15.

Paris — 1898

CONDITIONS DE LA VENTE

Elle se fera au comptant.

Les Acquéreurs paieront cinq pour cent en sus du prix d'adjudication.

M. Dupont se réserve la faculté de réunir ou de diviser les lots.

L'ordre numérique du Catalogue sera suivi.

DÉSIGNATION

ADAM (V.)

1 — Passe-temps. 75 pl. en un album cart.

2 — Chevaux, bœufs, moutons. 1 album in-fol. contenant 20 planches.

ALIX (P. M.)

3 — Portrait de Charlotte Corday, in-fol. Très belle épreuve en couleur, toute marge.

ALKEN (H.)

4 — Symptoms, in-4. 13 p., belles épreuves en couleur.

AMÉRIQUE

5 — Portrait du général Grant, Président des Etats-Unis : grand in-fol. Belle épreuve.

AUBRY (Ch.)

6 — Histoire pittoresque de l'Equitation ancienne et moderne, in-fol. 1 album contenant 24 planches.

BALTARD

7 — Vue de la cour du Louvre, prise pendant l'Exposition des Produits de l'Industrie française dans les Jours complémentaires de l'an IX, in-fol. Très belle épreuve coloriée.

BASSET (à Paris chez)

8 — Bataille de Jemmapes gagnée par les Français sur les Autrichiens, le 6 novembre 1792, in-fol. Belle épreuve coloriée.

BAUDOUIN (P. A.)

9 — Le Carquois épuisé, par N. de Launay. Très belle épreuve, grandes marges.

10 — Les soins tardifs, par De Launay. Belle épreuve.

11 — Le Catéchisme. — Le Confessionnal, par Moitte. 2 p.,
belles épreuves.

BEAUVARLET

12 — La Confidence, d'après Vanloo. Très belle épreuve avant
toute lettre.

BEECHEY (W.)

13 — The dutchess of York, par Knight, in-fol. Très belle
épreuve.

BENWELL (J. H.)

14 — Remember, par Telliob. Belle épreuve en bistre.

BERNARD (J.)

15 — La Princesse de Lamballe, in-fol. Dessin en calligraphie.

BETTELINI

16 — Scène de roman. Belle épreuve imprimée en bistre.

BOBBIN (T.)

17 — Caricatures anglaises. Un album contenant 25 planches
coloriées.

BOREL

18 — L'Innocence en danger, par Huot. Belle épreuve avant
la dédicace, grandes marges.

BOREL et LE BRUN

19 — L'Abandon voluptueux, par Dennel. — La Sultane
infidèle, par Voysard. 2 p., belles épreuves.

BOUCHARDON

20 — Cris de Paris. 1re et 2e suites. 24 p., belles épreuves,
toutes marges.

BOUCHER (Fr.)

21 — Sylvie délivrée par Aminte, par R. Gaillard. — Pan et
Syrinx, par Martenasie. 2 p., belles épreuves.

22 — Vénus donnant du nectar à l'Amour. - L'Amour
modeste. — Les douceurs de l'été. — Le soir. 4 p., belles
épreuves.

BOUCHER, COCHIN, VANLOO, etc.

23 — Grands frontispices et allégories, gravés par Laurent
Cars, Dorigny, Lépicié, Surugue, Tardieu, etc. 22 p. très
belles épreuves.

BOULARD (à Paris chez)

24 — Le Petit imprudent. — La Petite imprévoyante. 2 p. en
couleur, toute marge.

BOZE (J.)

25 — Portrait de Marat, par Et. Beisson, in-fol. Très belle
épreuve avant la lettre, toute marge.

BRY (Th. de)

26 — Ecussons d'armoiries. 9 p. très belles épreuves.

CANU

27 - Céladon et Clélie. Belle épreuve en couleur, marge.

CAQUET

28 — La Soirée du Palais-Royal, d'après V.... Très belle
épreuve, marge.

CARESME

29 — La Petite Thérèse, par Couché. Très belle épreuve,
grandes marges.

CHALLIOU (à Paris chez)

30 — Le Billet rendu. — La Curieuse aperçue. 2 p., belles
épreuves imprimées en rouge.

31 - L'Instant passé. Belle épreuve en couleur.

32 - La Femme de chambre. Belle épreuve imprimée en bistre.

CHAPUY J.-B.)

33 — Vue perspective du Champ de Mars, le jour du Serment
civique, d'après Le Roy. Belle épreuve en couleur.

CHARDIN

34 — La Mère laborieuse. — La Gouvernante, par Lépicié. 2
p., belles épreuves.

35 — Dame prenant son thé, par Fillœuil. — L'Instant de la
méditation, par Surugue. 2 p., belles épreuves.

36 — Dame cachetant une lettre, par Fessard. — Les Tours
de cartes, par Surugue. — Les Osselets, par Fillœuil. —
Le Dessinateur, par Flipart. 4 p., belles épreuves.

CIPRIANI

37 — Pomona, par M. Pézard. Très belle épreuve en bistre,
grandes marges.

38 — Héloïse et Abailard ; pièce ronde. Très belle épreuve
imprimée à la sanguine.

39 — Nymphe au bain, par Phelippeaux. Belle épreuve.

CIVIL

40 — Comparaison du Bouton de rose. Belle épreuve en bistre.

COCHIN (C. N.)

41 — Le Chanteur de cantiques. — La charmante catin. 2 p.,
très belles épreuves.

COCLERS

42 — Aspettare, par Claëssens. Belle épreuve.

CORBUTT (Ch.)

43 — Portrait de femme, d'après le Titien. Très belle épreuve.

COSTUMES

44 — Modes, tirées du *Costume Parisien*, Empire et Restau-
ration. 330 p. coloriées ; quelques doubles.

45 — Costumes, meubles et objets de l'Empire, publiés en
Allemagne. Environ 300 p., la plupart coloriées.

46 — Modes de Paris. — Magasin des Demoiselles. — Journal
des Demoiselles. — Modes parisiennes. 9 vol. in-8, fig.
coloriées.

47 — Uniformes militaires italiens, 1863. Un album contenant 33 planches coloriées.

COTES (F.)

48 — Carolina Matilda, queen of Denmark, par Watson, in-fol. Très belle épreuve, grandes marges.

COURTIN (J.)

49 — L'Amour médecin, par Mathey. Très belle épreuve.

COUTELLIER

50 — Michu de la *Comédie italienne*, in-4. Belle épreuve en couleur, toute marge.

DANLOUX

51 — La Princesse de Lamballe, par Ruotte, in-4. Très belle épreuve, toute marge.

DAVESNE

52 — Les Prunes. Eau-forte pure avant toute lettre.

53 — Hony soit qui mal y pense, par Hubert. — Hony soit qui mal y voit, avant toute lettre. 2 p.

DEBUCOURT (P. L.)

54 — Un usurier. Très belle épreuve en couleur, toute marge.

55 — Berceau de Paul et Virginie. — Les Premiers pas de Paul et Virginie. 2 p., très belles épreuves, lettres grises, avec marge.

56 — Turcaret du Jour. — Retour de Longchamps. Nos 2 et 25 des *Modes et Manières*. 2 p. en couleur.

57 — Route de poste, d'après Carle Vernet. Très belle épreuve en couleur.

58 — Route de Naples, d'après Carle Vernet. Très belle épreuve en couleur, grandes marges.

59 — Les chevaux de bateau, d'après Carle Vernet. Belle épreuve en noir.

60 — Houssard français. — Militaires anglais. — Rencontre d'officiers anglais. — Officiers prussiens. — La Partie de plaisir, d'après Carle Vernet. 5 p. en couleur.

61 — Passez-payez. — Promenade anglaise. — Artilleur et
chasseur anglais — Famille écossaise. — Course anglaise,
d'après C. Vernet. 5 p. en noir.

DEJABIN (chez)

62 — Portraits de députés à l'Assemblée nationale, in-8.
59 p., toutes marges.

DELAUNE (Et.).

63 — Arabesques. 12 p., très belles épreuves.

DEMARTEAU

64 — Femme couchée, d'après Boucher. Belle épreuve à la
sanguine.

65 — Le Dessinateur. — Tête d'étude, d'après Boucher. 2 p.
imprimées aux trois crayons.

66 — Les Œufs cassés — Le Maraudeur, d'après Boucher.
2 p., très belles épreuves à la sanguine.

67 — C'est la fille à Simonette — Berger et bergère. 3 p., belles
épreuves à la sanguine.

DESSINS

68 **Bellangé** (H.). Une Bataille. Sépia rehaussée de blanc.

69 — A la cuisine. Dessin à la sépia.

70 **Bertaccini.** Souvenirs des plus célèbres monuments de
Rome, dessinés pour M. le Comte de Chanaleilles. 1 album
contenant 41 dessins à la sépia.

71 **Boucher** (Attr. à). Etudes d'amours. A la pierre noire
rehaussé de blanc.

72 **Caresme.** Intérieur de cabaret. Dessin à la sépia. Signé.

73 **Chabrillac.** Scène de la Révolution de 1830. Dessin à
l'aquarelle, signé.

74 **Cipriani.** Allégorie sur la Religion. Dessin à l'encre de
chine. On y a joint la gravure.

75 **Penguilly l'Haridon.** Les Joueurs de dés. A la mine de plomb, signé.

76 **Peyre.** Etendart romain. Dessin à l'encre de chine, signé.

77 **Picart** (Attr. à B.). Décoration d'une salle de spectacle. Dessin à l'encre de chine et au bistre.

78 **Pigal.** Intérieur de cabaret. Aquarelle, signée.

79 **Ruspi** (E.). Costumes italiens. Un album contenant 24 aquarelles.

80 **Divers.** Werther et sa famille. Dessin à la plume et à l'encre de chine, rehaussé de blanc.

81 Dessins anciens. 22 p.

82 Vues de France et autres. 20 aquarelles.

83 Paysages. 26 aquarelles.

84 Aquarelles et pastels. 25 p.

85 Copies de gravures du XVIIIe siècle. 7 dessins à la pierre noire rehaussés de blanc.

86 Dessins ayant été publiés dans les journaux illustrés. 19 p.

87 Dessins et croquis. Environ 50 p.

DIVERS

88 — Bastringue. Bal sous le Directoire. Très belle épreuve en bistre. Rare.

89 — Le Bon genre. 16 p. coloriées.

90 — Caricatures tirées du Musée grotesque et autres. 12 p. coloriées.

91 — Estampes d'après Baudouin, Greuze, Hilair, Monnet, etc. 10 p.

92 — Grande Parade passée par le 1er Consul, dans la Cour du Palais des Tuileries, par Lebeau. — Vue de la Place Louis XV à Reims. — Prise de la Bastille, d'après Monnet. — La mort de Marceau, à l'eau-forte. 4 p.

93 — Marie-Antoinette, in-8. — Marie-Thérèse, sa fille. — Mme Elisabeth, in-4. 4 p. dont deux coloriées.

94 — Gravures en couleur. 6 p.

95 — Peintures étrusques tirées des Musées d'Italie. Rome, 1787, in-8. 2 vol. demi-rel.

96 — Gravures, vignettes et lithographies. 8 albums.

DROLLING

97 — Le Vieillard, par Perdriau. Belle épreuve en couleur.

DUGOURE

98 — Le Lever de la Mariée, par Trière. Belle épreuve, marge.

ECOLE ANGLAISE

99 — Jeune fille assise sous un arbre et écrivant. Belle épreuve en couleur, sans marge.

100 — Scène historique. Très belle épreuve avant toute lettre imprimée en bistre.

101 — Maria countess of Coventry. Très belle épreuve, toute marge.

102 — Gravures anglaises à l'aquatinte. 8 p.

103 — Gravures anglaises et portraits. 15 p.

ELLUIN et VANGELISTY

104 — Rosalie Duplant, actrice de l'Opéra, d'après Le Clerc. — Mlle Caroline Wuïet, in-4. 2 p., belles épreuves.

FABER (J.)

105 — La baronne de Dankelman, d'après Ant. Pesne, in-fol. Belle épreuve.

FRAGONARD (H.)

106 — La Culbute, par Charpentier. Très belle épreuve en bistre, grandes marges.

107 — La Fontaine d'amour — Le Songe d'amour, par Régnault. 2 p.

108 — Contes de Lafontaine, in-4. 5 p.

FREUDEBERG (S.)

109 — Les Confidences, par Lingée. Très belle épreuve, marge.

110 — La Félicité villageoise, par N. de Launay. 2 épreuves, dont une très belle.

FRYE

111 — Her most Excellent Majesty Charlotte, queen of Great Britain, in-fol. Très belle épreuve.

GATINE

112 — Costumes des femmes du Pays de Caux et de plusieurs autres parties de l'ancienne province de Normandie, d'après Lanté. Suite de 105 pièces coloriées ; dans un carton.

113 — Métiers — Costumes de divers pays, d'après Lanté. 17 p., coloriées.

GILLOT (Cl.).

114 — Fête de Diane — Fête de Faune — Fête du dieu Pan — Fête de Bacchus. Suite de 4 p., très belles épreuves.

GREUZE (J.-B.)

115 — La Privation sensible, par Simonet. Très belle épreuve, toute marge.

116 — Retour de nourrice, par Hubert. Très belle épreuve.

117 — Le Ramoneur. — La Servante congédiée, par Voyez. — L'Amour, par Henriquez. 3 p.

HAMILTON (W.)

118 — La Bergère des Alpes, par Bartolotti. Belle épreuve en bistre.

HEATHLEY (F. N.)

119 — The benevolent Cottager, par Mlle Rollet. Belle épreuve en couleur.

HUET (J.-B.)

120 — La Recherche des appas, par Dnarwell. Belle épreuve en couleur.

121 — Les Grâces enchaînées par l'Amour, par Bonnet. Belle épreuve en couleur.

122 — Les Laveuses, par Jubier. Belle épreuve en bistre.

JANINET

123 — Vue du Champ de Mars, le jour du Serment civique,
14 juillet 1790. Belle épreuve en couleur ; tachée.

124 — Les Nourrices, d'après Boucher. Très belle épreuve au
lavis de sépia.

JEAURAT

125 — La Jeunesse, par Lépicié. — L'Eplucheuse de salade,
par Beauvarlet. 2 p., belles épreuves.

JONES (Ch.)

126 — The Princess Charlotte of Wales, en pied, par Agar ;
in-fol. Très belle épreuve.

KAUFFMANN (Ang.)

127 — Renaud et Armide — Mort de Clorinde, par Bartolotti.
2 p. en bistre.

128 — Sophonisba. — Phénissa, par Facius. 2 p., belles
épreuves.

KOBELL

129 — Bataille de Hanau. — Des Troupes Turques en campagne. 2 p., belles épreuves en couleur.

LA LIVE (A. de)

130 — Recueil de caricatures. Suite de 16 p., toute marge.

LANCRET (N.)

131 — Repas italien, par Le Bas. Très belle épreuve.

132 — L'Amusement du Petit-maître, par de F. Belle épreuve.

133 — L'Eau, par Desplaces. — Le Feu, par Audran. 2 p.,
très belles épreuves.

134 — Le Petit chien qui secoue de l'argent et des pierreries.
— On ne s'avise jamais de tout ; contes de La Fontaine,
par de Larmessin. 2 p., très belles épreuves.

LAURENCE (Th.)

135 — Le Delizie materne, par Longhi. Très belle épreuve,
toute marge.

LAVREINCE (N.)

136 — Les Offres séduisantes, par Delignon. Belle épreuve, marge.

LE BRUN (d'après Mme)

137 — Marie-Antoinette. — Louis 16, par Schenker, in-4. 2 p., la dernière est avant toutes lettres.

LE CLERC

138 — Le Jeu de domino, par Bonnet. Très belle épreuve à la sanguine.

LE PAON

139 — Revue de la Maison du Roi au Trou d'Enfer, par Le Bas, in-fol. Epreuve avant la lettre.

LE PEINTRE (C.)

140 — Le Duc de Penthièvre et sa famille, par A. de St-Aubin et Helman. Très belle épreuve.

MALAPEAU

141 — Encyclopédie de l'Ornement, in-fol. 1 album contenant 60 planches.

MALLET

142 — Le Jocket. Belle épreuve en couleur.

MARIAGE

143 — Charlotte Corday, d'après Lelu, in-4. Belle épreuve en couleur, toute marge.

MARIN (L.)

144 — The Pleasures of éducation — The charmes of the morning. 2 p., très belles épreuves en couleur avec marges.

145 — L'Espoir d'un heureux jour — Les Revers de la fortune, d'après Bounieu. 2 p. en couleur montées en dessin.

MONNIER (Henri)

146 — Costumes de théâtre — Récréations — Impressions de voyage. 18 p. coloriées.

MOREAU le jeune

147 — Déclaration de la grossesse, par Martini. Belle épreuve avec le privilège.

148 — La Rencontre au Bois de Boulogne, par Guttenberg. Belle épreuve avec le privilège.

149 — Ouverture des Etats-Généraux à Versailles, le 5 Mai 1789 — Constitution de l'Assemblée Nationale. 2 p. Très belles épreuves du 1er tirage avec les noms des Députés.

150 — Groupe tiré du superbe dessin de Moreau le jeune représentant la Revue du Roi à la Plaine des Sablons, par Simonet. Belle épreuve, toute marge.

MORGHEN (G.)

151 — Vénus — Hébé. 2 p. Belles épreuves avec la lettre grise.

MORLAND (H).

152 — The fair nun unmask'd. Belle épreuve.

MORLAND et SINGLETON

153 — Industrie et Economie — L'Egarement et la Dissipation, par Darcis. Suite de 4 p., belles épreuves en noir.

NANTEUIL (Rob.)

154 — Marie de Bragelone, veuve de Claude Le Bouthillier. (R. D. 57). Belle épreuve.

NATTIER (d'après)

155 — Vénus éprise d'Adonis. — Nul Amour sans peine, par Lépicié. 2 p., très belles épreuves.

156 — Mme de *** en Flore, par Voyez le jeune. Belle épreuve.

NAUDET (à Paris chez)

157 — La Désolation des Filles de joie. — Le Vice forcé dans ses retranchements. 2 p., très belles épreuves.

PAROY (le Comte de)

158 — Gil Blas dans la caverne des voleurs. Belle épreuve en couleur avant toute lettre.

PATERRE

159 — Le Savetier, par Filloul. — Le Baiser rendu, par P. J.
2 p., belles épreuves.

PETIT et BISIAUX

160 — Motifs de Décorations. Paris, Morel, 1862, in-fol. Un
vol. demi-rel. contenant 50 planches coloriées.

PIRANÉSI

161 — Antiquités de la Grèce. — Vues des monuments de
Rome. 2 vol. in-fol. rel. v., tr. rouge.

PORPORATI

162 — Clorinde et Tancrède. — Herminie et le berger, d'après
Vanloo. 2 p., belles épreuves avant la lettre.

PRIEUR

163 — Tableaux de la Révolution française, in-fol. 1 vol.
cart. contenant 46 planches.

RAFFET

164 — Combat d'Oued-Alleg. Très belle épreuve sur Chine,
toute marge.

165 — Le Drapeau du 17e léger. Belle épreuve sur chine.

166 — Affiche du *Compagnon du Tour de France*. Épreuve
avant la lettre, avec une déchirure.

RAMBERG

167 — Cantine militaire. Belle épreuve en couleur.

RAPHAEL (d'après)

168 — Les Loges de Raphaël au Vatican, par Chapron. Un
album contenant 52 planches.

REMBRANDT (d'après)

169 — Son portrait, gravé à l'aquatinte, in-fol. Très belle
épreuve.

REYNOLDS (S. W.)

170 — Sujets divers gravés à l'aquatinte. 4 p., belles épreuves.

ROSLIN

171 — La Flore de l'Opéra, par Basan. Très belle épreuve.

RUSSELL (J.)

172 — The Favorite rabbit, par Knight. — The dogs first sight of himself, par Schiavonetti. 2 p., très belles épreuves en couleur, avec marges.

SANGUINETTI

173 — L'Ameublement au XIXe siècle. 1 album contenant 72 planches.

SAYER et BENNETT, exc.

174 — A young Hussey charging old Toothless with an impossibility, in-8. Belle épreuve en couleur.

SCHALL

175 — L'Adroite confidente. — Le Choix naturel, par Vionet. 2 p., très belles épreuves coloriées.

SICARDI

176 — L'Amour jouant avec un papillon — Fillette tenant un vase, par Roger. 2 p., très belles épreuves avant la lettre, toutes marges.

SINGLETON (H.)

177 — Le Père absent, ou les chagrins de la guerre, par Zecchin, in-fol. Belle épreuve en couleur.

STOTHARD (T.)

178 — The brothers driving off Comus and his spirits, par Scott. Belle épreuve en couleur.

TARDIEU (A.)

179 — Marie-Antoinette, en vestale, d'après Dumont. Très belle épreuve.

TOER (J)

180 — Miss Salethea Dawkens, par P. Stée, in-fol. Très belle épreuve.

VAN BLEECK (P.)

181 — Miss. — Master. 2 p., très belles épreuves.

182 — Griffin et Johnson in the character of Tribulation and Ananias, in-fol. Très belle épreuve, toute marge.

VAN-DYCK (d'après)

183 — François Duquesnoy, sculpteur, in-fol. Belle épreuve.

VERNET (Carle)

184 — Cris de Paris. — Costumes. 14 p. coloriées.

185 — Sujets de chasse, par Darcis. 4 p.

VIVARÈS (F.)

186 — Paysages. 7 p.

VLEUGHELS

187 — Le Villageois qui cherche son veau ; conte de La Fontaine, par de Larmessin. Très belle épreuve avant l'adresse de Buldet, toute marge.

WAGEMAN

188 — The Military costume of Turkey. London, 1818, in-4. 1 album rel. maroquin contenant 30 pl. en couleur.

WARD (G. R.)

189 — Portrait d'homme en pied, d'après Illidge. Très belle épreuve avant la lettre.

WATTEAU (Ant.)

190 — Comédiens français, par Liotard. Très belle épreuve, marge.

191 — La Sérénade italienne, par Scotin. Très belle épreuve, marge.

192 — Le Repas de campagne, par Desplaces. Très belle épreuve, marge.

193 — Départ des Comédiens italiens en 1697, par L. Jacob. — Le Colin-Maillard, par Brion. 2 p., belles épreuves.

194 — Les Amusements de Cythère. — Diane au bain. — Les habits sont italiens.... — La Chute d'eau. 4 p.

195 — Arabesques : La Cause badine. — Les Enfants de Momus, par J. Moyreau. — L'Empereur chinois. — Divinité chinoise, par Huquier. 4 p., très belles épreuves.

196 — Costumes chinois. 16 p.

WELLS (J.)

197 — Prise de la Bastille, le 14 juillet 1789 ; in-fol. Belle épreuve en couleur.

WEST (B.)

198 — The Golden Age, par Green. Très belle épreuve.

WESTALL (R.)

199 — Première entrevue du Comte d'Essex avec la reine Elisabeth, par W. Ward ; grand in-fol. Belle épreuve en couleur.

WYNNE (W.)

200 — Jeune femme habillée à l'Orientale. Très belle épreuve imprimée en rouge.

GRANDE IMPRIMERIE DU CENTRE. — HERBIN, MONTLUÇON.